Y. 6611.
B.a

Une note écrite à la main sur le
titre d'un ex; double attribue ces fables
à Pesselier. Et le recueil publié par
Pesselier, en cette même année 1748,
chez le libr. Grault, ne contient
aucune de ces fables.

Il n'y a aucune raison
d'attribuer l'ouvrage à
Pesselier.

# FABLES

## NOUVELLES

### MISES EN VERS.

*Par M.* * * *

Le prix est de 24 sols.

## A PARIS,

hez JACQUES CLOUSIER, Libraire, ruë S. Jacques,
à l'Ecu de France.

M. DCC. XLVIII.

*Avec Approbation & Permission.*

# *FABLES*
# NOUVELLES
## MISES EN VERS.

---

### FABLE PREMIERE.

### *L'Asne & les Chardons.*

Esser Aliboron, Asne de son métier,
Des Asnes de son temps fut, dit-on,
    le premier,
    En bonne mine aussi bien qu'en
    courage.
Voici ce qu'on en conte. Il étoit coutumier
    D'aller dans certain pâturage,
Où peu d'herbe croissoit, mais bien force chardons,
    Qui lui sembloient si beaux, si bons,
    Si friands que rien davantage.
Là, souvent, mon Docteur s'en donnoit comme
    trois,
    Se plaisant fort à cet ouvrage,

A ij

Bien qu'on l'en eût repris vingt fois.
Un jour surtout, plein de colére,
Le Maître du champ vint troubler sa bonne chére,
Suivi de ses Valets. Les cailloux de pleuvoir
Drü comme vrai grêsil : c'étoit pitié de voir,
D'une part, les Manants frapper sur la bourique,
De l'autre, cas plaisant, de voir l'Asne Stoïque,
Malgré leurs assauts répétés,
Ne détaler qu'à pas comptés,
Arrachant maint Chardon, faisant toujours ripaille.
Tel Ajax, [ car Ajax ici, vaille que vaille,
Peut être mis en jeu, sans qu'il en coute rien, ]
Par le nombre accablé, ne sort de la bataille
Qu'aux dépens de plus d'un Troyen.
Le Baudet sortit donc ; mais, ajoute l'histoire ;
A grand'peine vit-il les Manants éloignés,
Qu'il revint à la charge, & vous pouvez bien croire
Que chardons, à ce coup, ne furent épargnés.
Une telle persévérance
Dans un Baudet n'a rien qui me surprenne fort.
Sçavoir au demeurant s'il avoit si grand tort,
C'est un point de Jurisprudence
Que peut examiner quiconque a du loisir.
Pour moi j'ai du penchant à lui donner sa grace.
On a beau nous combattre, hélas ! quoi qu'on nous
fasse,
Nous nous laissons toujours entraîner au plaisir.

## FABLE II.
### *Le Tonneau vuide & la Tonne pleine.*

Au vieux tems, que tout avoit bec,
Que les choses inanimées,
Sembloient pour discourir avoir été formées,
Et que le Fabuliste Grec,
Ainsi que Messer la Fontaine,
Faisoient dialoguer pot de terre & de fer,
Un Tonneau, de large bedaine,
Vuide de vin & rempli d'air,
Dit un jour à modeste Tonne,
De jus pleine jusqu'au goulot :
D'où vient que si haut je raisonne,
Et que tu ne dis pas un mot ?
Ecoute ceci, mon compere,
Mais, surtout, cher voisin, ne t'en mets en colere,
Lui dit la Tonne, d'un ton doux :
Tiens... les hommes sont comme nous ;
Sont-ils pleins ? ils sçavent se taire,
Et vuides ils jasent en foux.

## FABLE III.

### *Le Chat & le Serin.*

Sans relâche, autour d'une cage,
Rodoit un Chat avide de butin ;

Dans la cage étoit un Serin,
Qui charmoit tout le voisinage
Par la douceur de son ramage.
Le Chat, comme vous jugez bien,
De ses desseins ne laissoit rien
A soupçonner, & la maligne bête,
Plus elle avoit de noirceur dans la tête,
Et plus elle montroit d'innocence en ses jeux.
Le Maître & le Serin y furent pris tous deux.
J'ai la perle des Chats, disoit notre Bon-homme,
Je ne crois pas que de Paris à Rome
On en trouve un plus doux & plus accort ;
A s'y tromper il fait le mort,
Saute pour le Roi, pour la Reine,
Fait le boiteux d'une jambe qu'il traîne ;
A jurer, en effet, qu'il n'en a plus que trois :
Ce n'est pas tout ; avec ces tours adroits,
Il n'est point carnacier, mange ce qu'on lui
donne,
Mais rien de plus ; il ne vole personne.
N'ayez pas peur qu'il soit tenté
De gruger mon Serin, il est en sûreté ;
Mon Chat & lui vivent ensemble,
En bons amis qu'un même toit rassemble:
Mon Chat, au travers des barreaux,
Reçoit un coup de bec & rend un coup de patte,
Qui blesse bien moins qu'il ne flatte ;
Oh ! mon Chat aime les oiseaux !

Pendant ce beau difcours, notre homme ouvre la
  cage,
      Et tourne la tête un inftant,
      Sans redouter aucun outrage,
      Son Chat, en un feul coup de dent,
      Croque l'oifeau qu'il aimoit tant;
Pourtant ce Chat n'aimoit pas le carnage.

    Peres, Mamans, cette Fable eft pour vous;
Tous les Amans font Chats, redoutez le plus fage,
      Précipitez le mariage,
      Et fermez toujours les verroux.

---

# FABLE IV.

### Le Sapin & l'Arbriffeau.

UN Sapin, dont la cime aiguë
  Sembloit fe perdre dans la nuë.
De fes vaftes rameaux couvroit les environs;
C'étoit le Dieu des bois, c'étoit l'honneur des
      monts.
      Un Arbriffeau crut être fage
      De fouhaiter fon voifinage :
Chaque jour de ma vie, en but aux Aquilons,
      Difoit le petit perfonnage,
Je ne puis foutenir leur fouffle véhément :
Le Soleil irrité féche ma tendre ecorce,

Mon feuillage est trop clair, & je manque de force
      Contre ses traits ; je ferai prudemment
            De me mettre sous cet ombrage ;
Dans cet endroit paisible, à l'abri de l'orage,
      De jour en jour je deviendrai plus beau.
            Ainsi raisonnoit l'Arbrisseau ;
      Et tout d'un coup, avec étourderie,
            Il quitte la plaine fleurie,
Et se vient transplanter à l'ombre du Sapin.
D'abord il se trouva content de son destin ;
            Rien ne l'agite en cet azile ;
            Il ne sent ni vent ni chaleur ;
            Mais cet arbuste malhabile,
Ne voyoit point encor que c'étoit son malheur.
            Du fier Borée, au vol rapide,
      S'il ne craint plus le souffle rigoureux,
      Le doux Zephir aux soupirs amoureux,
Ne le caresse plus de son baiser humide,
Phœbus n'a contre lui que des traits impuissans,
      A son midi, quand il brûle le monde ;
Mais il ne ressent plus ses rayons bienfaisans,
      Lorsqu'il se leve, ou qu'il entre dans l'onde.
L'arbuste malheureux ne retire aucun fruit
Des larmes de l'Aurore & du frais de la nuit ;
Son support prétendu ne sert qu'à le détruire,
Et si Diane luit, & si l'air est serein,
            Ce n'est plus que pour le Sapin.

Son exemple nous peut inftruire :
Le voifinage d'un Seigneur
Fait rarement notre bonheur..

---

## FABLE V.

*L'Ourfe, la Guenon & le Hibou.*

PAr cas fortuit, ou quelqu'autre avanture,
Une Ourfe, une Guenon, firent fociété;
Du moins on croit que la nature
N'avoit pas figné le traité.
Quoiqu'il en foit, l'un & l'autre ménage,
Chaque mere ayant fes petits,
S'établit en même logis;
Il fervoit feul à tout leur tripotage.
L'Ourfe, à tous les inftans y léchoit fes Ourfons;
La Guenon folâtroit avec fes nouriffons.
L'Ourfe en rioit & ne pouvoit comprendre
Qu'on pût pour des magots avoir le cœur fi tendre.
Dame Guenon comprenoit encor moins
La tendreffe de l'Ourfe. A quoi bon tant de foins,
Difoit-elle à part foi, pour une maffe informe?
Un Ourfon eft un monftre, un animal énorme,
Il eft fi laid qu'il en fait peur,
Un tel objet fait mal au cœur;
Pour le lécher il faut être bien mere,
Ou n'avoir pas beaucoup à faire.

Par malheur elle s'expliqua.

Qu'arriva - t - il ? Guenon n'eſt point diſcrette ;
Non plus que femme n'eſt ſecrette.

L'Ourſe tout de bon s'en choqua ,

Et ſur même ton repliqua.

Grand Procès, grand débat ; on met en paralelle
Les Ourſons, les magots ; & l'amour paternelle
Plaide, il faut voir ! Au bruit vient un Hibou,

Qui près de là gardoit ſon trou.

Ayant oui chaque partie ,

A chacune il donne le tort.

Vous jugez toutes deux , dit - il , par ſympathie ;

Je vais , pour vous mettre d'accord .

Vous chercher un mignon plus digne de tendreſſe ;

C'eſt un bijou de mon eſpéce.

Auſſitôt il vole à ſon nid ,

Avec amour en apporte un petit

Joli, Dieu ſçait, comme ſon pere ;

Rechigné, comme une megére,

Et le montrant d'un air bouru,

Mais pourtant avec complaiſance :

Ourſe , Guenon, dit - il , jugez de mon engeance ;
Un ſemblable poupon n'eſt pas un malotru,

L'Ourſe en penſa toute autre choſe,

Et la Guenon ne fut de même avis que lui.

Tous trois jugeoient fort bien dans la cauſe d'autrui,

Et fort mal en leur propre cauſe :

Apprenez de cette leçon

Que le cœur dupe la raiſon.

## FABLE VI.

### Le Chêne & l'Ormeau.

Certain Chêne orgueilleux, qui se disoit cousin
    Des nobles Chênes de Dodone,
Prit le ton imposant d'un Sultan sur son trône,
Pour tancer, en ces mots, un Ormeau son voisin :
Misérable avorton, arbre ignoble & débile,
    Vois combien je te suis utile ;
Je te mets à couvert des vents & des frimats,
    De l'orage & de la tempête ;
    Tu fais pourtant si peu de cas
De mon attention à conserver ta tête,
Qu'à regret tu me rends l'hommage qui m'est dû,
Toi, qui, par ton exemple & ton zéle assidu,
    Devois me procurer l'hommage
    De tous les arbres du village :
Mais, parle, vil Ormeau, sans moi que serois-tu ?
    Quelque chose moins qu'un fêtu.
    L'Ormeau reprit, en son langage :
Votre protection me fait beaucoup d'honneur,
    Mais il est pourtant vrai, Seigneur,
Que j'aurois, loin de vous, profité davantage ;
    Vous m'offusquez par votre ombrage,
    Et j'en suis presque enveloppé ;
Vos rameaux quelquefois jusqu'au vif m'ont frapé.

Et m'ont causé plus de dommage
Que n'auroient fait les vents, la tempête & l'orage.
Ainsi parla l'Ormeau. S'il eût été flateur,
　　Il eût béni sa servitude.
　　Vous devinez, ami Lecteur,
　　Qui fut taxé d'ingratitude ;
L'orgueil n'est pas content d'un pareil Orateur.
Quiconque est un ingrat n'anroit jamais dû naître,
　　Aux traits marqués de ce tableau,
　　Etre ingrat comme notre Ormeau,
　　Lecteur, tout de bon est-ce l'être?

---

## FABLE VII.

### Le Pêcheur.

UN Pêcheur, sur les bords d'une rive profonde,
Qui, dans les eaux, â jeun,　cherchoit un bon
　　　repas,
L'autre jour préparoit aux habitans de l'onde,
Sous des mets imposteurs, un funeste trepas ;
Mais en vain : ce jour là, la nation muette
Voit le danger caché sous ces mets délicats,
　　Et fait une sage retraite ;
　　Le goujon même nemort pas.
Le Pêcheur se retire, & fuit des bords ingrats:
Tandis qu'à son logis bien triste il s'achemine,
Et que d'autres moyens en soi-même il rumine,

Il entend dans les airs un terrible fracas;
Une gruë avoit fait ce qu'il n'avoit pû faire;
Et sa troupe, comme elle, avide & sanguinaire,
Pour avoir son butin lui livroit des combats.

Notre pêcheur alloit, à coups de pierre,
Terminer bientôt cette guerre,
Quand à ses pieds, par un merveilleux cas,
Tombe un poisson, sujet des plus affreux débas.
Fortune, c'est là ton ouvrage :
Un pêcheur, quand tu veux, cherche en vain dans
les mers
Ce qui lui vient du haut des airs;
L'Inconstance est ton apanage,
Et le caprice te conduit :
Te plairas-tu toujours, Déesse trop volage,
A fuir qui te souhaite, à chercher qui te fuit ?

-------

## FABLE VIII.

*Le Verger & la Source.*

DAns un verger simple & charmant,
Une source, toujours nouvelle,
Suivoit sa pente naturelle,
Et s'échapoit en coulant lentement.
Content d'un pareil héritage,
Un homme, vertueux & sage,
Voyoit couler ses heureux jours;
Atropos, sans tarder, en termina le cours.

Certain Seigneur du voisinage,
Après la mort du sage Citoyen,
S'empara de ce petit bien,
La chose est assez en usage,
Et renferma dans des canaux
De ce ruisseau les ondes trop pressées,
Qui, dans les airs fièrement élancées,
Formerent de brillans jets-d'eaux.
Vous me quittez, ruisseau perfide,
Dit le verger, voyant la source se tarir,
Vous cherchez l'agréable, & quittez le solide,
Je ne puis plus vous retenir :
Pour suivre une route nouvelle,
Et servir votre vanité,
Vous m'abandonnez, infidéle,
Et vendez votre liberté.
Telle est de l'homme l'injustice ;
Il ne connoît de loix que son caprice,
Reprit la Source en gémissant ;
Et loin de suivre, sans murmure,
Les simples loix de la nature,
Il les combat, en nous forçant
De suivre son cruel penchant.

## FABLE IX.

### Les Singes Comédiens.

D'Un autre on peut un tems jouer le personnage,
Mais on ne peut toujours cacher son vrai visage.
On conte, à ce propos, qu'un parent d'Anubis,
Chez les adorateurs des Rominagrobis,
Par des Singes faisoit jouer la Comédie ;
    Et d'Egypte le peuple bis
    Claquoit des mains & crioit bis,
    Tant leur troupe étoit aplaudîe.
On le dit, je le crois : la race des Bertrands
    Fut toujours propre à singerie.
Un jour, certain gaillard, par simple passe-tems,
    Sema force noix dans la salle ;
    Tout aussi-tôt, sur la route des noix
    En mandille, en robe Royale,
Pêle-mêle, tout court, attrape, casse, avale ;
Voilà tous les Acteurs démasqués à la fois.

## FABLE X.

### L'Etincelle.

U Ne étincelle pétillante,
Admirant son éclat & son agilité,
    Dans l'excès de sa vanité,

Se croyoit une Etoile errante;
Mais au moment que son feu l'éblouit,
La pauvrette s'évanouit.
Ce récit a peu d'étendue ;
S'il instruit, il est assez long ;
Sur maintes gens il tombe à plomb.
Combien, dans leurs projets, se perdent dans la nue,
Et s'éclipsent au même instant ?
S'estimer trop est une erreur commune :
La moindre lueur de fortune
Fait d'un fat un homme important.

---

## FABLE XI.

### *Le Singe, Héritier du Lion.*

LA soif de l'or souvent démasque un politique :
Sous ce voile, grands Dieux ! que l'homme est dif-
férent !
D'être ami généreux tel hardiment se pique,
Qui n'est, mis au creuset, qu'un avide parent.
Mais, à ce propos véritable,
S'il faut un exemple ajouter.
Sur ce point, le Singe, en ma Fable
Ne laisse rien à souhaiter.
Seigneur Lion, au plus fort de son âge,
Avoit trois Châteaux à choisir,
Hôtel en ville, avec tel appanage

On

On peut varier son plaisir.

*Item*, chez lui table friande ;
Où l'on trouvoit tout à foison,
Mets exquis, gibier de saison,
Vins délicats, bonne provende ;
Au reste, point de successeur,
Foible ressource de la vie ;
Mais qui sert de frein à l'envie
Contre un paisible possesseur.
Enfin, parmi sa parentelle,
Un Singe étoit collatéral,
Singe amusant ; mais animal
Manquant quelquefois de cervelle ;
Je dis quelquefois seulement,
Car le matois jouoit son rolle
Pour l'ordinaire, habilement,
Et manioit bien la parole.
Jamais, à l'entendre parler,
A Plutus ne fit la courbette ;
Honneur & fortune complette
N'avoient rien qui pût l'ébranler.
Soins empressés, minauderies,
Caresses, jeux & singeries,
S'adressoient à son cher parent,
Et rien du tout à son argent.
Arriva pourtant le contraire
Un jour que le Seigneur Lion
Aux champs étoit, où nulle affaire

Ne l'attiroit que la belle faifon.
Le Singe, en ville, entend à fes oreilles,
Par un frélon, ces trois mots bourdonner :
*Lion eft mort !* Singe de s'étonner ;
Bientôt après de s'écrier : merveilles !
    Ce coup flate trop fes défirs ;
    Pas un doute fur la nouvelle ;
    Il n'aperçoit que des plaifirs :
    Eft-ce là cet ami fidéle ?

---

## FABLE XII.

### *Les Enfans & les Grenouilles.*

Certains enfans, troupe volage,
Troupe fuyant les importuns foucis,
    Un jour, au bord d'un marécage,
    Vinrent égayer leurs efprits :
    La malice qui, dès cet âge,
Eft des humains l'ordinaire apanage,
D'un plaifir innocent ne connoît point le prix ;
Se divertir fans nuire eft un plaifir trop fade.
Ainfi nos jeunes gars, après mainte gambade ;
    Maints fauts, maints tours, maints ricochets,
    Pouffés fur la face des ondes,
Voyant fortir de leurs grotes profondes
    Quelques habitans du marais,
Quittent tout pour courir fur ce peuple aqua-
tique,

Et contre lui lancer mille & mille cailloux,
   Tant qu'eussiez crû voir un *ost* * en couroux
Combattre l'ennemi pour la cause publique.
   Tel est le jeu qui plaît à nos rustauts.
Sous leurs coups redoublés mainte grenouille ex-
   pire,
   Et les grimauts à chaque coup de rire;
L'une d'elles enfin blessée au fond des eaux,
   Prête à mourir ainsi s'exprime:
Enfans, qui n'écoutez qu'un folâtre transport,
Songez que ces ébats, dont je suis la victime,
S'ils sont un jeu pour vous, pour moi sont une
   mort.

   * Vieux mot qui signifie *Armée*.

---

## FABLE XIII.

### *L'Acteur & l'Ecolier.*

UN Ecolier avoit, dans un spectacle,
Goûté pardessus tout un Acteur renommé.
Qui se croyoit lui-même un prodige, un miracle,
S'estimant beaucoup plus qu'il n'étoit estimé.
   Notre jeune homme en étoit si charmé,
Qu'il donnoit à l'Acteur le mérite & la gloire
Des vers, des sentimens, récités par mémoire;
En un mot, il croyoit l'histrion un héros,
   C'étoit assurément bien croire;

Voila comme toujours nous donnons dans le faux.
      Notre écolier opiniâtre
      Dans son erreur, dans ses désirs,
Epargne quelque tems sur ses menus plaisirs,
De quoi traiter un jour l'Acteur qu'il idolâtre.
Il l'invite à dîner : le monarque s'y rend,
      Mais qu'il fut trouvé différent !
      Soit qu'il raisonne, ou qu'il folâtre ;
Ce Roi n'avoit plus rien ni de fin, ni de grand,
      Il n'étoit plus sur son théâtre.
L'écolier en rougit... Combien est-il d'objets
      Qu'il ne faut jamais voir de près !
On riroit bien souvent de plus d'un personnage,
      Si l'on voyoit ses propres traits ;
Le masque heureusement est pris pour le visage.

----

## FABLE XIV.

### *Le Serin & la Linote.*

UN Serin jeune, beau, chantoit dans un boc-
      cage ;
      Les rossignols étoient jaloux
      De la douceur de son ramage :
      Malgré leur dépit & leur rage,
      Pour l'entendre, ils se taisoient tous.
      Il apperçut une linote,
      Dont l'air étoit vif, tendre & doux ;

Dans ce bois, lui dit-il, belle, que faites-vous ?
Je ne fais rien ; si je fçavois la note,
Que je chanterois tendrement !
Lui répondit, en foupirant, la belle.
Avec un défir fi charmant,
Repliqua le ferin, brûlant d'amour pour elle,
Que vous apprendrez promptement !
Si j'ofois vous prier que, fous ce verd feuillage,
Je vous donnaffe des leçons,
Bientôt vous charmeriez, par vos tendres chan-
fons,
Tous les oifeaux du voifinage.
Ah ! dit-elle, d'un ton flateur,
Sera-ce affez de ma reconnoiffance
Pour vous payer d'une telle faveur ?
C'eft là, je crois, la récompenfe
Que tout généreux bienfaicteur
Doit efpérer de qui n'a que fon cœur.
Le Serin, gracieux & tendre,
Par fes foupirs lui fit comprendre
Qu'il fouhaitoit lui plaire feulement,
Qu'il ne vouloit d'autre paîment
Que le doux plaifir de l'entendre
Chanter mélodieufement.
L'accord fut fait dans le moment.
En peu de tems elle fçut la mufique,
L'amour eft un maître charmant !
Quand à montrer ce Dieu s'aplique,

Que l'on s'inftruit facilement !
D'abord que le Serin vit la jeune Linote
Se fervir avec fentiment
Des charmes flateurs de la note,
Vous chantez auffi-bien que moi,
Lui dit-il, recevez ma foi,
C'eft le prix que je veux d'avoir fçu vous inftruire.
La Linote fe prit à rire :
Cet aveu, lui dit-elle, eft tout-à-fait nouveau;
Je vous croyois plus de cerveau;
Grand merci de votre mufique,
Adieu, mon tendre cœur s'explique
En faveur d'un jeune moineau.
Aux champs, dans les cours, dans les villes,
Tandis que nous fommes utiles,
Nous fommes toujours bien reçûs;
Mais d'abord que notre préfence
Semble exiger quelque reconnoiffance,
On nous fuit; nous ne plaifons plus.

---

## FABLE XV.

### *L'Amour & l'Intérêt.*

LE Dieu de l'intérêt & le Dieu de l'amour,
Chez certain ufurier fe trouverent un jour;
L'avanture étoit rare : un même domicil,
Par eux n'étoit pas habité;

Chacun alloit de son côté,
L'un au plaisir, l'autre à l'utile.
Voici, dit l'intérêt, un enfant bien nipé,
Beaux traits dorés, carquois d'ébene,
La dupe paroît bonne, & je suis bien trompé,
Si je n'en tire quelque aubeine.
Veux-tu jouer, fils de Cypris ?
Dit-il, j'ai des bijoux propres à ton usage,
Pour de l'argent prêté je les reçus en gage,
Bracelets de cheveux, entourés de rubis,
Bagues de sentimens, qui couvrent un mistére ;
C'est un trésor ! à qui le dites-vous ?
Répond l'amour, je sçais le prix de ces bijoux,
Le tarif en est à Cythere ;
Çà, jouons ; masse un trait ; *paroli* ; masse trois ;
Va le reste de mon carquois,
Facilement amour se pique.
Son joueur, habile narquois,
A bientôt rafflé la boutique.
L'enfant dévalisé s'envole dans les bois
Cacher sa défaite & ses larmes :
Son empire est soumis à de nouvelles loix ;
L'intérêt regne seul, & dispose des armes
Dont l'amour usoit autrefois.

## FABLE XVI.

### Le Baudet & la Jument.

CErtain baudet ambitieux,
Voulant établir sa noblesse,
Vint offrir ses soins & ses vœux
A Matrona, jument que l'on nommoit Duchesse.
Mais ce n'étoit que par dérision ;
Il prit la résolution
De se marier avec elle :
Femme, disoit-il, d'un tel nom
Va changer ma condition,
Et distinguer ma parentelle :
Je puis, faisant souche nouvelle,
Avoir mulets, au lieu d'ânons ;
Casque en visiere & plume en tête ;
Superbement ils leveront la crête,
Feront grands bruits, grands carillons,
Auront des charges dans l'armée !
Cela dit, à sa bien-aimée
Fait de l'hymen la proposition.
Martin est bien reçu. Lors la conclusion
Se fait sans aucun intervale.
Baudet épouse la cavale,
Ont ensemble petits mulets,
Mulet aîné, mulets cadets,

Et tous aussi sots que leur pere,
Même encor plus vains que leur mere,
Ils étoient tous d'esprit quinteux,
Fort emportés, têtus, hargneux,
En trahison donnant ruades,
Faisant mille & mille incàrtades.
Mere & mulets n'avoient que du mépris
Pour le papa baudet, le meilleur des maris,
S'il veut décider d'une affaire,
Notre Duchesse le fait taire,
Lui disant : taisez-vous baudet,
Laissez parler mon fils mulet,
Vous raisonnez comme une bête.
Pauvre baudet baisse la tête,
Et maudit cent fois le moment
Qu'au lieu d'ânesse, il prit jument.
Repos vaut mieux qu'honneur & que fortune :
Que chacun prenne sa chacune.

---

## FABLE XVII.

### Le Lynx.

CErtaine chronique rapporte,
Que dans une forêt pleine d'oiseaux divers,
Et d'animaux de toute sorte,
Jadis entra l'esprit pervers :

Auſſitôt les larcins, les meurtres, le carnage,
Les trahiſons, le brigandage,
Y vinrent déployer leurs coupables fureurs.
La raiſon du plus fort emportoit la balance,
Le vice triomphoit ; la timide innocence
Perdoit ſes ſoupirs & ſes pleurs.
Sultan lion, dont l'ame généreuſe
Souffroit avec chagrin de pareils attentats,
Réſolut d'extirper du ſein de ſes Etats,
Cette licence dangereuſe.
Pour remplir un projet ſi beau,
Il ſe ſervit du miniſtere
D'un lynx, qui ſuivoit le flambeau
De l'équité la plus auſtere.
A ſon aſpect, les crimes confondus,
Chercherent en vain un azile ;
Sa vigilance, & ſes ſoins aſſidus,
Rendirent la Forêt tranquile.
Le pigeon du vautour mépriſa la fureur,
Et l'innocent agneau vit le loup ſans terreur.
Un Magiſtrat prudent, éclairé, ſage,
Du ſiecle d'or ramene l'heureux âge.

## FABLE XVIII.

### La Métempsicose.

UN vieux singe étant mort, son ombre ca-
    lotine
Solicita l'époux de Proserpine,
    Pour revoir la clarté du jour.
    Le Roi du ténébreux séjour,
    Lui voulant ôter sa souplesse,
Sa malice surtout, & sa vivacité,
    Du corps d'un âne alloit la faire hôtesse,
        Ainsi l'avoit-il arrêté.
        Mais l'ombre, après quelques gambades,
        Et deux ou trois pantalonades,
        Dont le bon Pluton rit bien fort,
    Obtint du Dieu de se choisir un sort,
        Et lui demande, avec instance,
La faveur de passer au corps d'un péroquet.
        C'est, disoit-elle, mon paquet;
Car je pourai, du moins, dans cette résidence,
Conserver avec l'homme un peu de ressemblance
        On sçait qu'étant singe autrefois,
        J'imitois son air & son geste;
        Et jouant ici de mon reste,
        Je le copîrai de ma voix:
L'ame du singe à peine anime un verd plumage,

Qu'une vieille l'achette, & le met dans la cage.
Bavard comme elle, il charmoit son ennui,
Aux passans il chantoit leur game,
Causoit le long du jour avec la bonne femme,
Qui ne parloit jamais plus sensément que lui.
Le sire en fit aisément la conquête.
A son nouveau talent d'étourdir le quartier,
Il joint je ne sçais quoi de son premier métier :
En arlequin il remuoit la tête,
Faisoit craquer son bec, formoit différens sons ;
Il agitoit sa queue en cent & cent façons,
Et jouoit les marionnettes.
La vieille, mettant ses lunettes,
Ne se lassoit de l'admirer,
Triste d'être un peu sourde, & souvent d'ignorer
Ce qu'avoit dit son péroquet fertile.
Au demeurant, suivant son stile,
Le drole aimoit à siroter,
La vieille aussi ; l'âge de radoter
Est assez la saison de boire.
L'une tient bon, l'autre s'en trouve mal.
Notre emplumé, pour n'être assez frugal,
Se vit encor contraint de passer l'onde noire.
Il reparut devant Pluton
Qui, le privant de la parole,
Vouloit le renvoyer dans le corps d'une folle.
L'autre, craignant sur-tout de devenir poisson,
Eut recours à son protocole,

Vous fit nouvelle capriole,
Joua la farce, & plut. On sçait que, quelquefois,
On peut faire rire les Rois.
Selon son goût enfin le Dieu le fit renaître,
Et de l'homme lui donna l'être ;
Mais n'osant pas en faire un mortel vertueux,
Un sage ; il le destine au corps d'un petit maître,
D'un brouillon ? d'un présomptueux,
Portant la tête au vent, de soi-même idolâtre,
Importun, fanfaron, d'ennuyeux entretien,
Parlant beaucoup, ne disant rien,
Vrai personnage de théâtre,
Et quelquefois aussi personnage de Cour.
Mercure en cet état, le rencontrant un jour :
Je t'ai vû n'aguere au ténare,
S'écria-t'il, tu n'es qu'un composé bizarre
Et du singe & du péroquet :
Grace à ton geste, ainsi qu'à ton caquet
Ton ridicule se consomme ;
D'un semblable mélange on ne fait qu'un sot
homme,
Et nul n'est pris à cet appas.
Ainsi le Dieu traita la chose.
O combien de gens ici-bas,
Doivent nous faire croire à la métempsicose !

## FABLE XIX.

### L'Amour & Pſiché.

P Siché, ſans connoître l'Amour,
Devint ſa moitié bienheureuſe ;
Mais ſon ame, trop curieuſe,
Tenta de le connoître un jour.
Elle craignoit de voir un monſtre épouvantable.
A l'éclat d'une lampe avec étonnement,
Elle aperçoit un jeune homme charmant,
Qui goûtoit un repos aimable ;
Sa main fait un vacillement,
Au doux aſpect d'un objet qui l'enchante ;
D'une goute d'huile bouillante
Elle réveille ſon amant ;
Qui pénétré de ſa douleur cuiſante,
S'envole dans le firmament:
Pſiché vainement le rappelle,
Il l'abandonne ſans retour.

Epouſes, ſur ce beau modèle ;
Craignez dans vos maris d'épouvanter l'amour.
Vos défauts égalent les nôtres ;
Ce n'eſt que par votre douceur,
Que vous parvenez au bonheur
De nous faire oublier les vôtres.

## FABLE XX.
### Le Renard & l'Asne.

Dans le pays de sapience
Certain Renard étoit le Sénéchal;
Martin Baudet, parlant par révérence,
En étoit Procureur Fiscal.
Le premier possédoit maint tour de gibeciére,
De feu Maître Gonin il tiroit son estoc;
Et quand Janot Lapin plaidoit contre son frere,
L'un perdoit son Procès, l'autre restoit au croc.
Dame Poule, plaidant devant Seigneur Renard,
Le fin matois plumoit sa cliente à merveilles,
Martin, en bon Docteur, secouant les oreilles,
Toujours avec trois dez concluoit au hazard.
Le malheur fut encore que de cette Justice,
Pour faire un bon trio, le Chat fut le Greffier;
Et la griffe de ce dernier,
Des cliens échappés, escroquoit aîle ou cuisse.
L'ordre si mal exécuté,
Rendit les maux d'autant plus incroyables,
Que ces monstres impitoyables
Se flatoient de l'impunité.
C'est ainsi que, souvent, tous les hommes décident,
La partialité guide leurs sentimens.
Défions-nous des Jugemens
Où l'ignorance & l'intérêt président.

## FABLE XXI.

### *Lycoris & le Moucheron.*

Sous un ombrge frais, Lycoris, en lifant,
Surprife l'autre jour d'un fommeil féduifant,
Dormoit fur un gazon décemment étenduë :
Tout fembloir, par refpect, fe taire dans ces lieux.
Un feul ruiffeau voifin, de fon bruit gracieux,
    Mais moins fort, y berçoit la belle,
Quand un fin Moucheron, butinant autour d'elle,
Se place fur fa bouche, attiré par l'odeur
Et le corail que donne une naiffante fleur,
Croyant jouir alors de la plus raviffante ;
    Car la bouche de Lycoris
N'avoit pas moins d'éclat que la rofe naiffante.
De fa méprife heureufe il goûtoit tout le prix ;
Mais de ce divin fuc cruellement avide,
Au moment qu'il fe fert d'un aiguillon perfide,
La belle, tout à coup, au fentiment du mal,
S'éveille, y met la main, & voit fuir l'animal,
Qui jouiffant encor de fon aimable proye,
Par un bourdonnement malin & plein de joye,
S'aplaudit & fe perd parmi les arbriffeaux.
Comme le Moucheron l'amour caufe des maux.

FABLE

## FABLE XXII.

### Les Abeilles & la Perspective.

LE Printems commençoit sa brillante carriere,
Et toute la nature éprouvoit ses bienfaits :
Le Soleil répandoit sa plus pure lumiére ;
Il ranimoit les fleurs ; il doroit nos guerets :
    De leurs maisons, artistement bâtie,
        Pour faire un innocent butin,
        Les Abeilles étoient sorties ;
Leurs essains bourdonnants voltigeoient sur le
        thim.
        Une charmante Perspective
Arrêta quelque tems notre troupe attentive :
        Le Peintre, agréable imposteur,
            Avoit, entr'autres choses,
Semé dans un tableau des jasmins & des roses,
        Avec un art si naturel,
    Que jamais mieux n'auroit fait Raphaël.
        Où courez - vous, jeunes Abeilles ?
            Tournez vos pas ailleurs,
        Ne vous fiez point à ces fleurs.
        Pour mes leçons vous n'avez point d'oreilles.
Un innombrable essain vole en foule au tableau.
Sur ces fleurs point de suc. Abeilles, quelle honte ?
Si pour avoir été les dupes d'un pinceau,

C

Le courroux vous faisit, le dépit vous surmonte ;
Si rien ne peut vous consoler,
Ah ! que ne pouvez-vous parler !
Plus imprudens que vous, nous aimons le mensonge,
Et nous fuyons la vérité :
Nous nous laissons charmer par un aimable songe,
Dont pourtant notre esprit connoît la vanité :
Nous prenons comme vous l'ombre pour la figure ;
Et malgré la raison, malgré nos longs discours,
Vils esclaves des sens, nous donnons tous les jours,
Dans une pareille imposture.

***

## FABLE XXIII.

### Le Singe Joueur de gobelets.

AU tems d'Esope, un Singe eut la manie
D'immortaliser son nom ;
Que faire pour cela ? Le drole aimoit la vie,
Et comme il n'étoit pas Gascon,
Très-volontiers il s'avouoit poltron.
Or, que fait-il ? Par affiche il convie
Quadrupédes, oiseaux, bref toutes les forêts
A le voir faire l'équilibre,
Serpenter le fauteuil, jouer des gobelets.
La salle étoit commode & libre.
Dans les loges devoient briller
L'aimable & tendre Philomele ;

La charmante Serine , & Peruche la belle.

Sur le théatre on verroit s'étaler ,

Et jouer de la prunelle ,

Sire Lion , Milord Rinoceros

Le Seigneur Elephant, & tel autre gros dos.

Aux Renards , troupe connoiſſeuſe ,

Le parterre fut aſſigné.

Une heure avant le rendés - vous donné ,

Chez la Gruë & ſa ſœur, engeance curieuſe ,

Notre Singe fut attiré :

Deux Etourneaux étoient près d'elles ,

Ainſi qu'un noir Hibou commenſal des Donzelles.

De montrer de ſes tours , comme on l'eût conjuré ,

Il ſe mit en devoir d'en faire ;

Mais dès qu'il eut tiré ſa gibeciére ,

Chacun la critiqua de la belle maniére.

La Gruë en blâma la couleur ,

Sa ſœur s'en prit à la grandeur ;

Le noir Hibou , jaloux de ſa nature ,

En Hebreu , Grec , Latin , en fronda la ſtructure,

Les Etourneaux , ſoi-diſans beaux eſprits ,

Sur l'affiche ſe déchaînerent ,

Et la trouverent

Conçuë en termes trop hardis.

Bref ſans rien voir de plus , ce digne Aréopage

Conclut que tout ſon fait n'étoit que badinage.

De cet accueil Meſſer Bertrand ſurpris ,

Leur dit , ſerrant ſa gibeciére :

C'eſt aux Renards qu'il m'importe de plaire,
Voilà l'heure, à peu près qu'ils doivent s'aſſembler;
Je n'oſerois compter ſur leur ſuffrage,
Mais ils n'iront pas me ſiffler
Avant que d'avoir vû de mes tours l'étalage.
Avec un ris moqueur leur ayant dit cela,
Il fait la gambade & s'en va,
Sur le titre ſouvent on juge d'unOuvrage.

---

## FABLE XXIV.

### *Le Jeune-Homme & le Fleuve.*

Lɛs plaiſirs, les honneurs, la gloire & la ri-
cheſſe,
Sont au-delà d'un Fleuve dangereux;
Il n'a qu'un pont, & c'eſt pour les heureux,
Qui nés dans l'opulence y paſſent ſans adreſſe,
Car tous les biens ſont faits pour eux.
Uu Jeune-Homme arriva ſur les rives du Fleuve;
Il ſe préſente au pont & tente de paſſer,
Mais il n'avoit aucune preuve
Qu'il eût droit de le traverſer;
Les Gardes rudement ſçurent le repouſſer.
Il va s'aſſeoir ſur le rivage,
Et là, triſte & penſif, il pleure ſon deſtin:
Pourquoi, s'ecria-t-il, n'ai-je pas l'avantage
De partager un ſi riche butin?

Vivrai-je ici dans la mifere,
Tandis que d'autres jouiront
Des biens que j'apperçois au-delà de ce pont ?
Pour tromper les Argus, hélas ! que puis-je faire ?
Le fommeil, en fermant fes yeux,
Fait tréve à fa douleur extrême :
Bientôt un fonge gracieux,
Des Dieux l'interprete fuprême,
Lui dicte ce qu'il doit tenter.
Il fe réveille plein de joye ;
Au plus digne projet il voit fon ame en proye,
Et fans un moment héfiter,
Dans le Fleuve il entre à la nage.
Les écueils, les vents & l'orage,
De concert femblent s'oppofer
A fon intrépide paffage :
Vingt fois il touche le rivage ;
Vingt fois à fes defirs il fçait fe refufer.
Enfin redoublant fon courage,
Malgré les jaloux & le fort,
De chacun recevant l'hommage,
Il fe voit heureux dans le port.
Lecteur, cette leçon s'adreffe
A la courageufe Jeuneffe :
Avec de l'efprit, des talens,
De la vertu, de la fageffe,
Quoiqu'elle naiffe fans richeffe ;
Elle peut parvenir aux honneurs les plus grands.

---

## FABLE XXV.

### *Les deux Pigeons & le Moineau.*

LE long d'un mur étoient juchés,
Deux Pigeons contens & fideles ;
Les yeux l'un sur l'autre attachés,
Et n'éployant qu'un peu les aîles.
Un Moineau, plein d'activité,
Ou plutôt plein de pétulance,
Traitoit cette tranquillité
D'inquiétude, d'indolence,
De dégoût, de caducité.
Parle mieux de notre tendresse,
Dit la Colombe avec douceur,
L'amour est moins pour nous une caresse
Qu'un long épanchement de cœur.

---

## FABLE XXVI.

### *Le Cygne & la Pintade.*

LE Cygne à la Pintade un jour disoit : la belle,
Votre teint sent un peu la peinture & le fard,
Vous le nirez en vain, votre nom le décele.
Ma beauté, répond l'autre, est toute naturelle ;
Il est vrai qu'elle semble être un effet de l'Art ;
Mais jamais fard ne défigure,
Quand il est mis par la nature.

## FABLE XXVII.

### Le Chien & le Chat.

Dans certaine maiſon vivoient tranquillement
Médor, petit Chien de Turquie ;
Et Titi, jeune Chat, flateur vif & charmant :
Jamais aucune compagnie
Ne leur plaiſoit tant que la leur ;
En cet état, ils goûtoient un bonheur,
Dans tous les points, digne d'envie.
La jeuneſſe ſouvent lie, attache ſon cœur
Sans l'aide de la ſympathie ;
Mais elle eſt la ſaiſon où regne la folie ;
Saiſon abondante en douceur,
Et la plus belle de la vie.
Médor, Titi, ſemblant l'un de l'autre amoureux ;
Sans ceſſe folâtroient tous deux.
Bientôt, plus avancés en âge,
On les vit doucement quitter le badinage :
A chaque inſtant ils ſe grondoient,
Et quelquefois ils ſe mordoient ;
Enfin, c'étoit de tels vacarmes,
Que l'on ne pouvoit plus s'ouïr dans le logis.
On les chaſſa tous deux pour éviter les bruits.
La jeuneſſe vit ſans allarmes,
Pour elle tout a mille charmes ;
Mais l'âge mûr vient - il ? adieu plaiſirs & ris.

## FABLE XXVIII.
### Le Buveur & la Bouteille.

Un buveur, ennemi de l'eau ;
Mais amateur zelé de la liqueur vermeille,
Qui nous flate, égaye & réveille,
Après avoir vuidé plus d'un tonneau,
Ne se vit plus qu'une seule bouteille ;
Ensemble dépourvu d'argent & de crédit,
Jugez quel étoit son dépit.
Grands Dieux, s'écria-t'il, qui voyez la misere
Qui s'aprête à fondre sur moi,
De grace, modérez votre couroux severe,
Calmez mon trouble & mon effroi.
Sa priere fut inutile.
C'est à nous de nous faire un bonheur doux, tran-
quile ;
Les Dieux ont dans nos mains mis nos biens &
nos maux ;
Nous pouvons tous par notre œconomie,
Par nos précautions, nos soins & nos travaux,
De plaisir combler notre vie,
Dans le sein d'un heureux repos :
Nous pouvons, loin de nous, exiler l'indigence,
Et sans être opulens vivre dans l'abondance.
Notre buveur souffroit un tourment rigoureux,
En n'osant pas toucher à sa bouteille ;

Au prix de lui Tantale étoit heureux :
Il la flairoit, fuccoit, de même qu'une Abeille
Succe dans un jardin une naiffante fleur.
Cependant l'âpre foif vient faifir le buveur ;
    Il avale fans tenir compte,
    Un demi verre, un verre plein,
Si bien que la bouteille eft vuidée à la fin :
Enfuite il but de l'eau fans colere, & fans honte,
Et dit qu'il fut un fou de tant aimer le vin.
L'homme eft ainfi bâti : ce n'eft que l'habitude
    Qui le rend fage ou libertin ;
Une chofe aujourd'hui qui lui femblera rude,
    Lui fera facile demain.

---

## FABLE XXIX.

### Les Hiboux & le Roffignol.

Deux hiboux ennemis de la clarté du jour,
Des plus fombres forêts faifoient tout leur amour :
Là, par d'horribles cris, durant les nuits entieres,
    Ils effrayoient les renards & les loups,
    Jufques au fond de leurs tanieres ;
Cependant ils croyoient chanter d'un ton fort
    doux,
    Mais, hélas ! nous nous flatons tous.

Quelqu'un leur vanta le ramage
D'un rossignol du voisinage :
Son chant est, leur dit-on, des plus mélodieux ;
Il a souvent charmé les oreilles des Dieux.
Qui, dit l'un des hiboux, d'un ton philosophique,
A cet oiseau chétif a montré la musique ?
La nature, lui répond-t'on ;
C'est d'elle qu'il tient ce beau don.
Jamais ils ne voulurent croire
Qu'un oiseau si petit eût un gozier si beau.
Pendant un débat si nouveau,
Le rossignol, semblant voler après la gloire ;
Vient se percher au faîte d'un ormeau,
Entonne un air garant de sa victoire.
Les hiboux à la fois, enchantés & confus ;
Allerent se cacher & ne parurent plus.
Chacun se croit sçavant & sage ;
Et croit de plus n'avoir pas son égal :
Croire tout bien de soi de tout tems fut d'usage,
Mais d'autrui l'on ne croit aisément que le mal.

## FABLE XXX.

### Les Hirondelles.

ON voit avec les fleurs nouvelles
Reparoître les hirondelles ;
Elles voltigent dans nos champs
Avec zéphire & le printems.
Dans la saison où l'on moissonne ,
Et dans celle où Bacchus nous donne
Son nectar si cher & si doux ,
Elles demeurent parmi nous.
Mais aussitôt que la froidure
Vient faire expirer la nature ,
Et qu'aux plus riantes saisons
Succede celle des glaçons ,
On les voit , ces oiseaux volages ,
Regagner les heureux rivages ,
Où le soleil poussant son cours ,
Fait alors régner les beaux jours.
Ainsi quand l'homme & la finance
Sont en parfaite intelligence
A ses vœux chacun est soumis ;
Mais , si par malheur la fortune
Change , [ chose, hélas ! trop commune , ]
Tout le fuit , il n'a plus d'amis.

### F I N.

- Lû & approuvé, ce 15. Juin 1748. CRE'BILLON.

Vû l'approbation , permis d'imprimer à la charge d'en-registrement à la Chambre Syndicale , ce 19 Juin 1748.

BERRYER.

*Registré sur le Livre de la Communauté des Libraires & Imprimeurs de Paris, N°. 3248. conformément aux Régle-mens , & notament à l'Arrêt du Conseil du 10 Juillet 1745. A Paris, le 25. Juin 1748.*

*Signé ,* G. CAVELIER, Syndic.

De l'Imprimerie de JORRY, 1748.